La cicatrice

FichesdeLecture.com

La cicatrice
(Fiche de Lecture)

I. INTRODUCTION

Bruce Lowery, écrivain Américain écrit ses œuvres en Français avant de les traduire dans sa langue natale. *La cicatrice,* son premier roman, est écrit en 1960 et reçoit en 1961 le prix de l'Universalité de la langue française.

II. RÉSUMÉ DU ROMAN

« J'étais, sans le savoir, un enfant heureux, relativement heureux, il est vrai. Mais ce n'était qu'une impression d'ensemble. Car ma vie, même alors, ne manquait pas de petits malheurs auxquels je n'arrivais pas à m'habituer. Il faut remonter à novembre 1944. J'avais treize ans.

J'ai, depuis toujours, une cicatrice sur la lèvre supérieure. Les médecins disaient, sans cruauté, en triturant mon visage et en tirant sur ma lèvre comme un acheteur inspecte la gueule d'un poulain, que c'était "un bon travail de raccommodage". J'aurais pu, j'aurais dû deviner que c'était en réalité un petit bec-de-lièvre. Mais il était tellement bien réparé qu'on parlait toujours de "cicatrice". »

Nous sommes en novembre 1944, au moment de la guerre. Un des personnages, un jeune homme, George est absent puisqu'il « fait » la guerre. Jeff est un garçon américain de 13 ans, il a depuis sa naissance un défaut sur la lèvre, une cicatrice à la lèvre supérieure, du côté droit, reste d'un bec-de-lièvre.

Tout se passe très bien pour lui jusqu'au jour il change d'école, à son arrivée dans sa nouvelle classe, tous les élèves se moquent de lui. Il devient la victime des moqueries et des méchancetés de ses camarades. Face à leur cruauté, Jeff reste seul dans son coin. Il souffre tellement que tous ceux qui l'aiment ont mal pour lui comme sa mère ou encore son petit frère Bubby.

Un jour Willy, le « meneur » de la classe lui propose de jouer à « L'homme de la montagne », puis une amitié naît entre les deux garçons, ils habitent la même rue, « la moins bien », Vrain Street et collectionnent tous les deux des timbres. Willy offre d'ailleurs un timbre japonais à son nouvel ami. Jeff va chez monsieur Sandt, un vieil horloger, et lui raconte qu'il a un nouvel ami, Willy. Ce dernier invite Jeff et Ronald, un autre garçon de la classe à admirer sa collection de timbres. Les trois garçons sont en train de les regarder quand on sonne à la porte.

Madame Aldridge appelle Willy qui descend, suivi de Ronald. Jeff, seul, commet l'irréparable en volant les timbres. À leur retour, Willy et Ronald veulent ranger les timbres et constatent le vol. à ce moment, Jeff se sent mal à l'aise et refuse que Willy le fouille. Il se dit que cela ne serait jamais arrivé s'ils ne l'avaient pas laissé seul.

Jeff et Ronald repartent tout en parlant du vol. De retour chez lui, Jeff, de mauvaise humeur, fait pleurer Bubby. Il cache soigneusement les timbres et prie Dieu de les remettre en place. Durant la nuit suivante, il fait des cauchemars et rêve que des cactus et des chardons le dévorent. Jeff se sent coupable.

Le lendemain, comme l'institutrice est absente, Ronald traite Jeff de voleur devant toute la classe. Jeff lui répond qu'il ne l'a jamais aimé : si tout n'est pas rentré dans l'ordre dans une semaine, il recevra une raclée. Les autres le traitent alors de voleur, grosses oreilles, grosse lèvre, menteur, tricheur...

L'institutrice convoque la mère de Jeff à propos du vol, Jeff est alors traité de lâche. Il se retrouve très seul, et jure à son père qu'il est innocent puis lui demande de changer d'école, ce qui lui est refusé.

Pour fuir cette solitude, il rend visite à Monsieur Sandt qui se doute de la culpabilité de Jeff, lui-même, enfant, a commis un acte dont il n'est pas très fier. Il raconte alors une histoire de vol de pièces pour faire prendre conscience de son acte à son jeune ami.

Pendant la récréation, Jeff retourne les accusations contre Ronald et prend un buvard qui appartient à Ronald pour y placer les timbres et les dépose dans le banc de Willy. Puis il accepte les excuses de Willy, persuadé que c'est Ronald le coupable. Ce dernier nie farouchement et regrette d'avoir perdu l'amitié et la confiance de Willy. À Pâques, Ronald déclare à Jeff que c'est un dégénéré et que ses parents l'ont raté.

On apprend la mort du frère aîné de Willy, George ce qui entraîne chez le jeune garçon un désintérêt complet des choses qui comptaient pour lui auparavant. Il se referme sur lui. Par solidarité, la classe fait la quête et offre une gerbe de fleurs et une carte pour la famille. Puis, Willy, souhaitant réconforter sa mère, vend ses timbres pour acheter une pierre tombale.

Puis, Bubby fait une chute mortelle de dans les escaliers, Jeff se sent alors coupable de l'avoir rejeté auparavant il culpabilise pour la mort de son jeune frère.

III. PRÉSENTATION DES PERSONNAGES

Jeff

Le héros du récit est un jeune garçon de 13 ans qui vient de déménager et de laisser derrière lui son vieil ami monsieur Sandt, collectionneur de timbres et de pièces. Son premier jour à sa nouvelle école se passe très mal : il est rejeté par les autres enfants qui se moquent de lui et l'insultent à cause d'une cicatrice à la lèvre supérieure, du côté droit, reste d'un bec-de-lièvre. Pour le protéger, sa mère lui dit que sa cicatrice provient d'un accident. Il reste alors seul dans son coin, frustré il fait subir sa mauvaise humeur à son entourage notamment sa mère et son petit frère, Bubby.

Puis il trouve un mai en la personne de Willy. Ce dernier l'invite chez lui pour admirer sa collection de timbres. Jeff, heureux raconte à monsieur Sandt qu'il a un nouvel ami, qui collectionne également les timbres. Mais lorsque Willy invite Jeff et Ronald à regarder les timbres, Jeff, qui se retrouve seul, les vole. Il se sent très mal et refuse que Willy le fouille. Il se dit que cela ne serait jamais arrivé s'ils ne l'avaient pas laissé seul. On se demande alors s'il les a volés pour les avoir dans sa collection ou pour avoir auprès de lui quelque chose qui appartienne à son ami Willy.

Pris de remords il cache les timbres et prie Dieu de les remettre en place. La nuit suivante il fait des cauchemars. Le lendemain, Ronald le traite de voleur devant les autres. Jeff lui répond qu'il ne l'a jamais aimé : si tout n'est pas rentré dans l'ordre dans une semaine, il recevra une raclée. Les autres le traitent alors de voleur, grosses oreilles, grosse lèvre, menteur, tricheur... Il se sent encore plus seul et rejeté. Il demande à changer d'école, ce qui lui est refusé. Pour fuir cette solitude, il rend visite à Monsieur Sandt qui invente une histoire de vol de pièces pour lui faire prendre conscience de son acte.

Jeff est un adolescent solitaire à cause de sa différence qui lui vaut le mépris des autres. Face aux méchancetés et aux insultes, il tente de se montrer fort et ne répond pas. Tout au long du récit, on perçoit sa détresse et sa solitude, bien que celle-ci soit assez présente chez les enfants de son âge, elle apparaît plus pesante chez Jeff pour qui la cicatrice physique, mais surtout morale est un lourd fardeau.

Willy

C'est le seul à aller vers Jeff en lui proposant de jouer à « l'homme sur la montagne », il ne se moque pas de lui comme les autres. Une amitié naît entre eux grâce à ce jeu et est renforcée par une situation familiale et une passion communes : ils habitent la même rue et collectionnent les timbres. Au début du récit, l'attitude de Willy est assez ouverte et tolérante, c'est le « meneur » de la classe.

Mais après le vol de ses timbres et la mort de son frère aîné, il se referme sur lui-même. George, était pilote, Miss Aldridge leur mère ignore où il se trouvait, peut-être en Birmanie, au pôle Nord. Pour Noël, George leur avait envoyé un paquet : de la soie bleue pour la mère, un petit mot pour Willy, et des photos.

Il n'accorde plus aucune importance aux choses qui en avaient pour lui auparavant. Puis, souhaitant réconforter sa mère, il vend ses timbres pour acheter une pierre tombale.

Ronald

C'est l'ami de Willy, ils sont inséparables. Comme les autres enfants, il se moque de Jeff dès son premier jour. Il apprécie de moins en moins Jeff dont il devient jaloux lorsqu'ils commencent à se lier d'amitié avec Willy. Il le fait comprendre à Jeff sans le montrer à Willy.

Quand Jeff veut présenter Willy à Monsieur Sandt, il s'impose, craignant de perdre sa place de « meilleur ami ». Puis il accuse Jeff devant toute la classe, d'être un voleur ce que désapprouve Willy. Ronald et Willy s'éloignent de plus en plus. Lorsque Willy est persuadé que c'est lui le coupable, il nie et regrette d'avoir perdu l'amitié et la confiance de Willy. Ronald apparaît donc comme un garçon jaloux, possessif, voire parfois cruel.

Bubby

Le petit frère de Jeff, il aime et admire profondément son grand frère. Contrairement aux autres il ne voit pas la cicatrice qu'il porte sur son visage. Il est plein d'innocence et de dynamisme. Il meurt d'une chute mortelle dans les escaliers à la fin du récit. Jeff se sent alors coupable de l'avoir rejeté auparavant il culpabilise pour la mort de son jeune frère.

Monsieur Sandt

C'est un vieil homme, ami fidèle de Jeff, il collectionne les pièces et les timbres. Il vit dans une petite maison sombre décorée de vieux meubles et de vieilles photos. Il adore raconter à son jeune ami son passé en Europe. Il aide Jeff et lui redonne confiance au moment où il en a le plus besoin.

IV. AXES DE LECTURE

L'exclusion

« Dis maman, lui demandai-je, Dieu est bon, n´est-ce pas ? -oui bien sûr. Alors si Dieu est bon, pourquoi m´a t´il fait une cicatrice ? »

Ainsi le petit Jeff s'interroge et interroge les autres sans trouver de réponse. À travers sa souffrance, l'auteur dénonce notre société qui juge et met souvent de côté ceux qui ne rentrent pas dans la norme physique. En nous présentant les états d'âme de Jeff, l'auteur nous pose la question : pourquoi faisons-nous une distinction ?

C'est plus fort que nous, dès qu'une personne a un « défaut », nous le voyons et le jugeons, pire nous le rejetons. Même si on nous a appris à ne pas juger ni à exclure. C'est déjà dur pour un enfant de s'adapter à un nouvel environnement d'intégrer une nouvelle classe, mais Jeff a un défaut, une cicatrice à la lèvre supérieure, du côté droit, reste d'un bec-de-lièvre. Même sa mère, lui cache la vérité, pour le protéger elle préfère lui dire qu'il l'a eu suite à un accident plutôt que de lui dire qu'il l'avait en naissant.

L'auteur insiste sur la sélectivité de notre société en effet au-delà de l'aspect physique, on constate que les parents de Jeff ont une situation sociale moyenne. Le père travaille dans un Observatoire. Mais lorsqu'ils déménagent, ils changent de milieu social : « *En changeant de quartier, nous devions changer de milieu social. Avant nous avions eu des voisins du même milieu que papa, des fonctionnaires comme lui.* »

Après le déménagement, Jeff se retrouve avec des enfants de milieux aisés, leurs parents sont avocats, médecin... Tandis qu'ils habitent tous dans le même quartier, la famille de Jeff est « du mauvais côté ».

Bien que Jeff souffre de l'exclusion on a parfois l'impression qu'il s'y est habitué et s'en accommode, notamment lorsqu'il s'exclut de lui même en étant distant avec sa famille, plus particulièrement son frère. Ce sont les seuls qui l'aiment et le supportent, mais il les fait souffrir en les rejetant comme il est rejeté. Enfin plus tard lorsqu'il vole les timbres, il s'exclut et brise la confiance et l'amitié de Willy.

L'amitié

Tout au long du récit Jeff a un ami qui lui reste fidèle, Monsieur Sandt avec qui il partage sa passion pour les timbres. Tous deux parlent beaucoup et le vieil homme lui donne des conseils. Il adore raconter à son jeune ami son passé en Europe. Il aide Jeff et lui redonne confiance au moment où il en a le plus besoin.

Mais cette amitié ne lui suffit pas il veut un ami de son âge : « *j´entrevoyais le jour, ardemment désiré, ou grâce à Willy je serais accepté aimé par tous.. ».* Plus que tout il désire être accepté par tous les enfants de sa classe.

Il goûte enfin aux joies de l'amitié avec Willy avec qui il partage sa passion pour les timbres et le jeu de « l'homme sur la montagne ». Cependant, la jalousie de Ronald les séparera. Enfin lorsqu'il vole les timbres à Willy, on se demande s'il ne voulait garder pour lui une preuve de leur amitié, quelque chose appartenant à son jeune ami.

Le passage de l'enfance à l'adolescence

La cicatrice que porte Jeff n'est pas seulement la cicatrice physique sur sa lèvre, il s'agit aussi de la cicatrice morale, celle d'avoir été rejeté par les autres enfants, mais aussi celle du passage de l'enfance à l'adolescence. C'est l'histoire d'un enfant rejeté, qui tente de s'intégrer, qui grandit et se découvrent des pulsions qui l'effraient. Ce passage est dur chez les jeunes garçons, l'apprentissage de la vie nous laisse plusieurs traces. Celles-ci se font à travers divers découvertes.

Tout d'abord, Jeff découverte que les bêtises et les actes qu'il commet ont des conséquences, dont il doit supporter la responsabilité. En effet, il ne prend vraiment conscience du vol qu'il a commis quand son vieil ami lui raconte une histoire de vol de pièces. Il rend les timbres en faisant passer Ronald pour le voleur, ce n'est pour lui qu'un juste retour des choses. Il apprend à ses dépens comment fonctionnent les rapports sociaux.

Enfin, il découvre l'amour, la tendresse via l'amitié et sa famille, malheureusement il découvre aussi la mort et la perte d'un être cher, Bubby son petit frère. En même temps, que son ami Willy qui lui aussi perd son frère à la guerre. Ils se renferment et se sentent coupables, l'un vend sa collection pour acheter une pierre tombale et l'autre découvre à Pâques « caché à l'intérieur, un œuf vert et sur la coque, ces mots laissés en blanc : je t'aime ».

« *Bubby c'était ce petit compagnon, qui venait me chercher à la porte de l'école. Cet œuf renfermait pour moi un certain sens de la vie. Il m'a fait comprendre beaucoup de choses* ». La mort de leurs frères achève leur passage de l'enfance à l'adolescence : « *Et penser que je lui avais dit qu'aimer, il ne savait pas ce que ça voulait dire...* »

Dans la même collection en numérique

- *11 -*

Les Misérables

Le messager d'Athènes

Candide

L'Etranger

Rhinocéros

Antigone

Le père Goriot

La Peste

Balzac et la petite tailleuse chinoise

Le Roi Arthur

L'Avare

Pierre et Jean

L'Homme qui a séduit le soleil

Alcools

L'Affaire Caïus

La gloire de mon père

L'Ordinatueur

Le médecin malgré lui

La rivière à l'envers - Tomek

Le Journal d'Anne Frank

Le monde perdu

Le royaume de Kensuké

Un Sac De Billes

Baby-sitter blues

Le fantôme de maître Guillemin

Trois contes

Kamo, l'agence Babel

Le Garçon en pyjama rayé

Les Contemplations

Escadrille 80

Inconnu à cette adresse

La controverse de Valladolid

Les Vilains petits canards

Une partie de campagne

Cahier d'un retour au pays natal

Dora Bruder

L'Enfant et la rivière

Moderato Cantabile

Alice au pays des merveilles

Le faucon déniché

Une vie

Chronique des Indiens Guayaki

Je voudrais que quelqu'un m'attende quelque part

La nuit de Valognes

Œdipe

Disparition Programmée

Education européenne

L'auberge rouge

L'Illiade

Le voyage de Monsieur Perrichon

Lucrèce Borgia

Paul et Virginie

Ursule Mirouët

Discours sur les fondements de l'inégalité

L'adversaire

La petite Fadette

La prochaine fois

Le blé en herbe

Le Mystère de la Chambre Jaune

Les Hauts des Hurlevent

Les perses

Mondo et autres histoires

Vingt mille lieues sous les mers

99 francs

Arria Marcella

Chante Luna

Emile, ou de l'éducation

Histoires extraordinaires

L'homme invisible

La bibliothécaire

La cicatrice

La croix des pauvres

La fille du capitaine

Le Crime de l'Orient-Express

Le Faucon malté

Le hussard sur le toit

Le Livre dont vous êtes la victime

Les cinq écus de Bretagne

No pasarán, le jeu

Quand j'avais cinq ans je m'ai tué

Si tu veux être mon amie

Tristan et Iseult

Une bouteille dans la mer de Gaza

Cent ans de solitude

Contes à l'envers

Contes et nouvelles en vers

Dalva

Jean de Florette

L'homme qui voulait être heureux

L'île mystérieuse

La Dame aux camélias

La petite sirène

La planète des singes

La Religieuse

À propos de la collection

La série FichesdeLecture.com offre des contenus éducatifs aux étudiants et aux professeurs tels que : des résumés, des analyses littéraires, des questionnaires et des commentaires sur la littérature moderne et classique. Nos documents sont prévus comme des compléments à la lecture des oeuvres originales et aide les étudiants à comprendre la littérature.

Fondé en 2001, notre site FichesdeLectures.com s'est développé très rapidement et propose désormais plus de 2500 documents directement téléchargeables en ligne, devenant ainsi le premier site d'analyses littéraires en ligne de langue française.

FichesdeLecture est partenaire du Ministère de l'Education du Luxembourg depuis 2009.

Plus d'informations sur www.fichesdelecture.com

Notes :